Manara - Eco

il Nome della Rosa

玫瑰的名字

I

图像小说

〔意〕翁贝托·埃科 著

〔意〕米洛·马纳拉 编绘 〔意〕西莫娜·马纳拉 上色

陈英 译

上海译文出版社

我四处寻觅，欲得一席宁静之地，却只在角落里的一本书里找到了它。

——肯彭的托马斯

如果我想放松一下，我会读一篇恩格斯的论文；如果我想用功，我会看《七海游侠》。

——翁贝托·埃科

在多瑙河的转弯处，梅尔克
附近的山岗上，矗立着一座
修道院。数个世纪里它几经
修缮，依然非常美丽。

一九六八年八月底，我前往梅尔克，
自然，是为了搜寻一部古老手稿的踪迹。
一位名叫瓦莱的修道院院长
在他的著作里提到了它……

著作的标题是《梅尔克的修士阿德索的手稿》，根据修士让·马比荣的版本翻译成法语，一九六八年八月十六日，我在布拉格得到过它。

当时，我正在等待一位密友，几乎一气呵成把它翻译成意大利语，用了好几本约索夫·吉尔贝纸业出品的大开本笔记本，那种纸张书写特别惬意。

六天后，苏联军队侵入那座不幸的城市。我好不容易才抵达奥地利的边境城市林茨……

……我从那里前往维也纳，跟我等待的人会合，我们一起沿多瑙河溯流而上。在抵达萨尔茨堡之前，在蒙德湖畔的一个小旅馆，夜里发生了一件糟糕的事……

……与我结伴同行的人突然消失，并带走了瓦莱的译本。这样，我手上只剩下那几本写着译稿的笔记本，以及一颗空落落的心。

几个月后，在巴黎圣热纳维耶芙藏书馆，我找到了瓦莱提到的《古书集锦》。不用说，这些发现丝毫没有涉及阿德索或梅尔克的阿德索的手稿。

若不是一九七〇年我在布宜诺斯艾利斯科连特斯大街的一家小旧书店里翻寻时，无意间看到了米洛·汤斯华写的一本名为《观镜下棋》的小书，如今我一定还在琢磨，梅尔克的阿德索的故事究竟从何而来……

……这本《观镜下棋》是格鲁吉亚语译本，原书已经找不到了。在书中我颇为惊喜地读到了对阿德索手稿的大量引用，不过原始资料并不是瓦莱的译本，而是一位名叫阿塔纳斯·珂雪的神父的著作。它提到的情节与瓦莱所译书中绝对相同。

现在，我感觉可以单纯出于讲故事的乐趣，尽情地把梅尔克的阿德索的故事讲出来。这个故事与我们的时代关系不大，因为它是有关书籍的故事，而不是日常生活的琐事，可以让我们像大模仿家肯彭的托马斯那样，说出这样的话："我四处寻觅，欲得一席宁静之地，却只在角落里的一本书里找到了它。"

太初有道，道与神同在，道就是神。这道太初与神同在。作为罪人，我已人老发白，如今正苦度残年。在这梅尔克大修道院的陋室中，我拖着沉重的病体，努力在羊皮纸上写下这些文字，记下我年轻时亲历的神奇而又恐怖的事件。那是在一三二七年末。

德国皇帝路德维希遵奉万能上帝的意愿南征意大利，以重振神圣罗马帝国的雄风。阿维尼翁那位亵渎了圣徒之名、臭名昭著的篡位者为此慌了手脚。他是买卖圣职的罪犯，是异教的罪魁祸首（我说的是那个被渎神者们誉为约翰二十二世的卡奥尔的雅各，他有罪恶的灵魂）。

事实上，在一三一四年，五位德国王公在法兰克福选出了巴伐利亚的路德维希为统治帝国的君王。但就在同一天，在美因河的对岸，莱茵河公爵和科隆大主教推举奥地利的腓特烈为国君。一个皇位两个皇帝，一个教皇两个位子，这种形势引发了巨大的混乱个小旅馆，夜里发生了一件糟糕的事……

一三二二年，巴伐利亚的路德维希打败了他的对手腓特烈。对于约翰二十二世来说，一个皇帝比两个皇帝更可怕。因此，他开除了路德维希的教籍，而路德维希又反过来指控教皇是异端。我想，那时路德维希已经看出方济各会是教皇的敌人，因而是他强有力的盟友。方济各会认定基督是清贫的，他们从某种程度上重振了帝国神学家帕多瓦的马西利乌斯、让丹的约翰的学说。

必须说明的是，就在那一年，方济各会接受了属灵派的请求，宣称基督的清贫是信仰的真谛所在。这就是当年的情形——那时我还是梅尔克大修道院的一名本笃会见习僧，被安排跟随一位巴斯克维尔的威廉修士。他是名学识渊博的方济各会修士，正要启程去完成一项使命，探访几座历史名城和古老的修道院。于是，我成了他的书记员和门徒，有幸见证了一些值得记录的事件，此刻我写下的正是对这些事件的回忆。

我始终不知道我的导师肩负的是什么使命，只知道我
们一大早念完赞美经，在山谷的一个村庄里听了弥撒，
就迎着初升的太阳出发了。我们爬上陡峭的山峰，前
往一座本笃会修道院，那里的院长抵制腐败堕落的异
端教皇。那是十一月底，天气真的很冷……

导师，这些山峰让人
畏惧，但也非常美丽。

我的阿德索啊，宇宙的美不仅来
自多样性的统一，也来自统一
中的多样性。

导师，我能不能尝一下您在草
地上或树林边采的草药？

这些草药对年长的方济各会修士
有效，对年轻的本笃会修士
未必有效。

上面就是修道院了。
一座富有的修道院。
院长很喜欢排场。

有人来了。

欢迎您的到来，
先生……

我能猜到您是谁，请不必诧异，
我们已经接到您来访的通知了。
我是瓦拉吉内的雷米乔，修道院
的食品总管。如果您就是巴斯克
维尔的威廉修士，那么我必
须马上通报院长您到了。

你快上去通报一
下，我们的贵客
快进修道院了！

谢谢您，总管先生，让我感激的
是，你们为了迎接我而中断了追
踪。不过您不用担心，马儿
经过了这里，沿着右
边的小路跑了。

你们是什么
时候见到
它的？

我们根本没有见到它，
不过如果你们是在寻找
劫鲁内罗，只能去找
说的地方找。

去找吧。很明显，你们是在寻找修
道院院长的马儿劫鲁内罗，它是
你们马厩里最好的马，全身乌黑，
五英尺高，尾巴卷曲，马蹄又小
又圆，脑袋不大，有细长的
耳朵、大大的眼睛。

快点儿，这边！
快去找马！

欢迎您，
威廉修士！

感谢院长，能踏进贵院的大门，我
感到极大的荣幸。贵院盛名远扬，
已越过了这崇山峻岭。我以主的
名义来此朝圣。

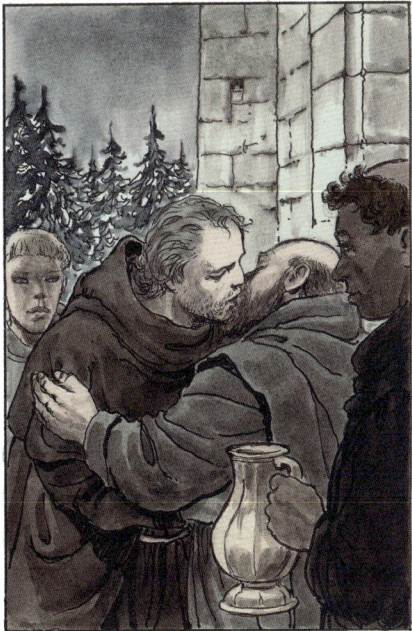

同时，我也是以这片
土地君主的名义来到
这里，这封信会同
您说明情况。

不管怎么说，已有
其他修士兄弟来信告
知您的到来了。

请进去休息一下吧，晚些时候，等你
们从旅途的疲劳中稍稍恢复过来，
我将很高兴来拜访您。

你们住朝圣者的房间。
请跟我来。

今晚你先睡这里，我已让人铺上了舒适的新稻草。有些老爷睡觉时习惯有人守着，就会这样安排。明天我会给你腾出一个房间，你虽然是见习僧，但也是我们的客人。

随后，僧侣们端上了葡萄酒、奶酪、橄榄、面包和一些好吃的葡萄干，让我们先吃点东西恢复体力。我们津津有味地吃喝了一顿。

不过，当您看到雪地和树枝上的痕迹时，还不知道那匹叫勃鲁内罗的马。那些痕迹可以是任何一匹马留下的。所以大自然这本书只告诉我们本质的东西，正像许多有声望的神学家所教诲的那样。

不全对，亲爱的阿德索。当然，那匹马留下的痕迹如同思想的语言，无论找在哪里找到它，它都会那样表达。然而在这特定的地点和特定的时刻，在所有可能的马中，至少有一匹马经过了那里。

找先前利用那些信息，想象一匹还没有见过的马，那都是纯粹的符号，正像雪地上留下的痕迹构成马的符号一样。这就是说，唯有找们对事物缺乏认识的时候，才使用符号或符号的符号。

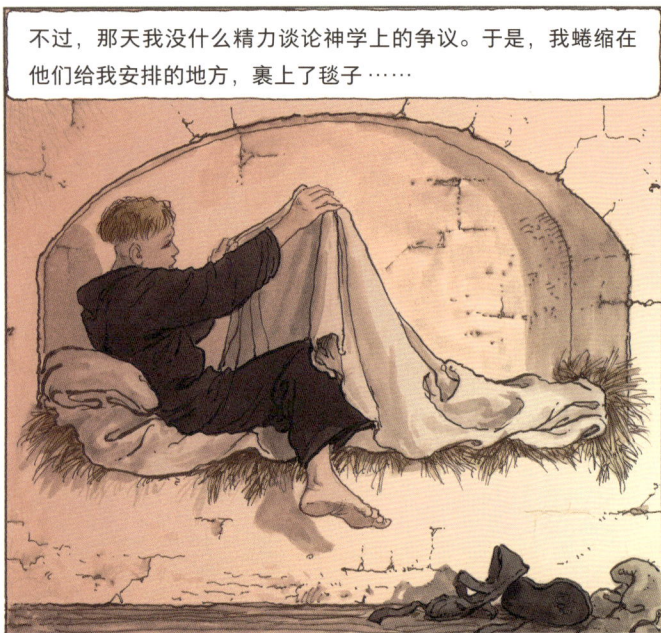

不过，那天我没什么精力谈论神学上的争议。于是，我蜷缩在他们给我安排的地方，裹上了毯子……

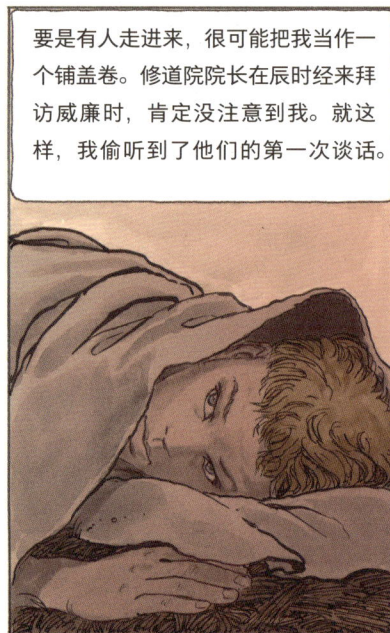

要是有人走进来，很可能把我当作一个铺盖卷。修道院院长在辰时经来拜访威廉时，肯定没注意到我。就这样，我偷听到了他们的第一次谈话。

很抱歉打扰您，但找要和您谈一件十分紧要的事情。

16

您在找马的事情上表现出来的才干让我十分钦佩，对于一匹从来没有见过的马，您居然能给出那么确切的信息。

这没什么。只需仔细观察雪地和树枝上留下的痕迹。

我早就听说您是个才学渊博的人，果真名不虚传。伐尔法修道院院长的来信谈到皇帝交给您的使命，还谈到您曾在英国和意大利作为宗教裁判官审理过几桩案子……

……表现出非凡的才智，又充满了人情味。我很高兴得知，很多案子……

……您裁定被告无罪。

在这些令人悲伤的日子里，我尤其相信人间存在永恒的罪恶。

通常，裁判官会不择手段让被告供认，以显示办案果断，以为唯有找到替罪羊了结案子，才是好裁判官……

裁判官也可能受魔鬼的驱使。

不过我获悉，三年前在基尔肯尼的一次审判中，一些人被指控犯了万劫不复的罪行，后来那些罪人被指认出来，您并没有否认这其中有魔鬼的干预。

我也没有明确肯定呀。我是谁啊，怎么能对魔鬼的阴谋做出判断呢？尤其是那些大主教、法官乃至被告本人，都愿意指出魔鬼的存在。也许魔鬼存在的真正证据，就是所有人都渴望知道这是受魔鬼的驱使……

修道院里发生了一些事，需要一个敏锐而又审慎的人的分析和建议。敏锐是为了发现，审慎是为了掩盖（如果需要的话）。如果一个牧羊人犯了错，得与其他牧羊人隔离开来，但要是羊群不再信任牧羊人，那可就糟了。

找明白。

我把这个案子托付给您，您能明辨是非善恶，也知道怎么处理妥当。

奥特朗托的阿德尔摩是个年轻的僧侣，但他已经是袖珍画大师了……

……一天早上，一个牧羊人在楼堡东角楼的斜坡脚下发现了他的尸体。

很可能在最幽暗的深夜不慎跌下了山崖。那是个暴风雪的夜晚，西边吹来的狂风卷着雪片。他的尸体是在悬崖底部被发现的，在跌下山崖时被岩石撞得皮开肉绽。可怜而又脆弱的生命啊，愿上帝怜悯他。

你们把可怜的尸体埋在哪儿啦？

自然是埋在公墓里了。

倘若那个不幸的人违背上帝的意愿自杀，第二天你们就会发现有一扇窗是开着的，也就不会把他像基督徒那样安葬了。我推测，你们发现窗户全关着，窗台下没有任何水迹，因为风是从西边刮过来的。

显然，死者是被推下去的，无论是人为还是魔鬼所为。您想知道是谁让他站到窗台上的。您为此感到不安，因为有一种邪恶的力量正在修道院里肆虐横行。

的确如此……如果我的一名僧侣因为自杀而犯下罪行，事情已经相当严重了。可我现在认为，他们中有另一个人犯了同样可怕的罪孽。但愿事情仅仅是那样……

为什么是僧侣呢？修道院里还有很多其他人：马夫、羊倌、仆人……

当然，这是一座小修道院，但很富裕。

一百五十个仆人伺候六十个僧侣。

但一切都发生在楼堡里面。尽管楼堡底层有厨房和餐厅，上面两层有缮写室和藏书馆，但每天晚餐后楼堡都会锁门。修道院有严格规定，不准任何人擅自入内。

谈到这可能是一桩谋杀案时，您说"但愿事情仅仅是那样"。您这么说是什么意思？

好吧，就算很邪恶，也没有人会无缘无故杀人。一想到能驱使一个僧侣去杀害自己兄弟的可怕缘由，我就毛骨悚然。

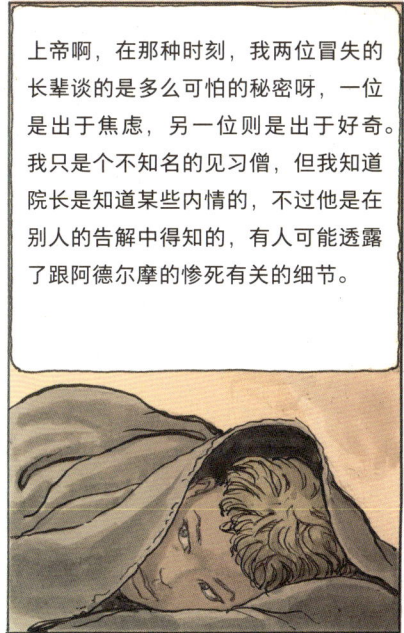

上帝啊，在那种时刻，我两位冒失的长辈谈的是多么可怕的秘密呀，一位是出于焦虑，另一位则是出于好奇。我只是个不知名的见习僧，但我知道院长是知道某些内情的，不过他是在别人的告解中得知的，有人可能透露了跟阿德尔摩的惨死有关的细节。

19

好吧。我可以问僧侣们一些问题吗？

可以。

我可以在修道院内自由走动吗？

我授予您这个权利。

您能当着僧侣们的面授予我这个使命吗？

就在今天晚上。

不过，我白天就开始调查，在僧侣们得知您交给我这个任务之前。另外，我很想参观一下你们的藏书馆，基督教世界所有的修道院都在称颂它。

您可以在修道院里活动，但一定不能去楼堡顶层的藏书馆。

为什么？

您要知道，我们的藏书馆不同于别的藏书馆……

我知道，你们的藏书比基督教世界任何一个藏书馆都丰富；我知道，在你们的藏书柜面前，博比奥或泊泊萨，克吕尼或弗勒里的藏书柜就如同孩童的小书屋；我知道，你们的藏书馆是基督教世界唯一可以跟巴格达的三十六座藏书馆分庭抗礼的；我知道，国王腓特烈在多年之前委托你们编纂一部有关默林预言的书……

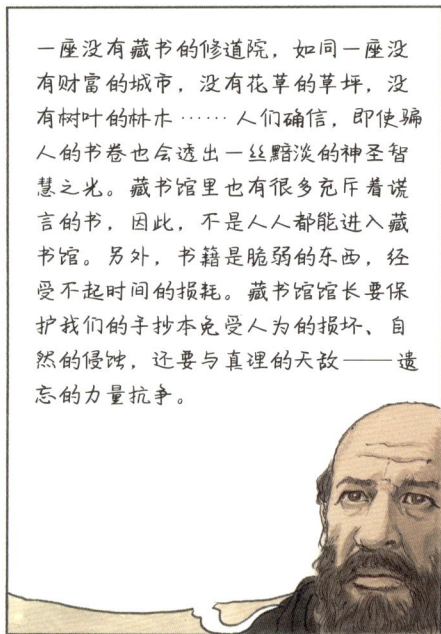

一座没有藏书的修道院，如同一座没有财富的城市，没有花草的草坪，没有树叶的林木……人们确信，即使骗人的书卷也会透出一丝黯淡的神圣智慧之光。藏书馆里也有很多充斥着谎言的书，因此，不是人人都能进入藏书馆。另外，书籍是脆弱的东西，经受不起时间的损耗。藏书馆馆长要保护我们的手抄本免受人为的损坏、自然的侵蚀，还要与真理的天敌——遗忘的力量抗争。

这样说来，除了两个人之外，没人能进入楼堡的顶层……

任何人都不该进去，任何人都进不去。即便有人想进去，也不会成功。藏书馆设有自我保护系统，那是神灵的迷宫，也是凡人的迷宫。您或许可以进去，但可能出不来。我希望您能遵守修道院的规矩。

最后还有一件事，乌贝尔蒂诺呢？

他就在这里，正等着您呢。您在教堂里会找到他。

他很老了吧？我有多年没有见到他了。

他累了，已经远离世俗的纷扰。他六十八岁了，不过还想着他的青春岁月。

啊呀

出了什么事儿？

没什么，在这个季节，他们杀猪。那是猪倌的事，可不是您将要操心的血案。

那座教堂并不像我后来在斯特拉斯堡、沙特尔、班贝格和巴黎见到的教堂那样雄伟……

有两根直立的柱子，像深渊之底，把来访者的目光引向暗处的教堂正门……

忽然间，那些讲述故事的石头雕塑，用一种沉默的语言，让我进入了一场幻象之中，至今我都无法用语言描述那些情景。

我见到天空中有个宝座，坐在上面的人面容严肃而冷峻……

下面是地狱的乌合之众聚集在那里，幽暗的森林、一片凄凉的荒野……

……雕像中坐在王位上的人浮现，那些在世界末日善恶大战中的失败者，将面对最终裁定生死的人。

一个洪亮的声音说："把你见到的写成一本书吧。"（而现在我正在写这本书。）

坐在宝座上的人手里拿着一把镰刀，喊道："挥动你的镰刀收割吧。"

那端坐在宝座上的人挥动镰刀，大地收割了。

我恍然大悟，那番景象讲述的不是别的，而是修道院里正在发生的事。我们来到这里，是为了见证一场伟大的天谴。

阿德索！

忏悔吧！

忏悔吧！你看到了那条恶龙要来吞噬你的灵魂！死亡已临到我们头上！祈求圣主把我们从邪恶和罪孽中解救出来吧！

啊，相信我们的主耶稣基督的奇迹吧！欢乐对于我就是痛苦，喜悦对于我就是忧伤……留神魔鬼！他总是在某个角落窥视，想咬住我的脚后跟。然而萨尔瓦多雷不是傻瓜！仁爱的修道院，在这里用膳就向我们的主祈祷，而余下的事情就无关紧要了。阿门！

为什么你说"忏悔"呢？

仁慈的修士兄弟，耶稣冒过生命的危险，活着的人理应忏悔。不是吗？

你是从方济各会的修道院来到这里的吧？

不明白你在说什么。

我问你是不是在方济各会的修士中间生活过，我问你知不知道所谓的使徒……

我该回去了。

23

威廉！我最亲爱的
兄弟啊！

威廉！多长时间没见了！
发生了多少事情啊！上帝
让我们经受了多少
考验哪！

卡萨莱的乌贝尔蒂诺
就站在我们面前。

威廉，他们差点儿杀了
我，你知道，我不得不
在深夜逃跑。

谁想要你死？

所有人。敬远。他们曾两度企图
谋杀我。他们想封住我的嘴。你
知道五年前我们在翁布里亚大区
最后一次见面的时候发生了
什么。你还记得吗？

多亏那个神奇的女人求情……
蒙特法尔科的基娅拉……
我才从罪恶中挣脱出来……

基娅拉……女人的天性是
如此乖僻，升华为圣女后，
就会成为恩典的传递者。
威廉，你知道，那最贞节
的女人是如何启示了
我的生命。

找，恰恰是我，在教会之前调查她创造的奇迹，对人群宣布她是圣女。而你，威廉，当时你就在那里，你完全能够帮助我完成那神圣的事业，而你却不愿意……

可你要我参与的神圣事业是要把本蒂文加、贾科莫和乔瓦努齐奥送去受火刑。

对付基督的故人就得这样做！他们是异端，他们是假使徒，他们身上有多里奇诺修士身上的硫黄臭味！

可他们是基娅拉的朋友，在她的教团里面活动……

基娅拉认为他们是圣洁的，没有怀疑他们……但经过调查，很明显古比奥的本蒂文加自称使徒，而且跟贝瓦涅亚的乔瓦努齐奥一起诱惑修女，说地狱不存在，可以满足肉体的欲望而不冒犯上帝。

他们是方济各修士，头脑里带着跟基娅拉一样的幻象，有时候，带来狂喜的幻象和引向罪恶的狂热之间只有一步之遥。

你在亵渎圣灵，威廉！这不是一回事。本蒂文加和其他人在酷刑下招认了！

本蒂文加在酷刑之下会说出最荒谬的谎言，因为当时已不再是他自己在说话，而是他的淫欲，他灵魂中的魔鬼。

26

邪恶……在这里，就在这用于祈祷的神圣场所，也同样有邪恶，你知道吗？

这我知道，修道院院长跟我说过，还要求我帮他查明真相。

那你就明察暗访，用你猞猁般的目光观察。有两个方向：淫欲和傲慢……

淫欲？

是的，淫欲。那个死去的年轻人身上有某种……女人味儿，那是邪魅的东西。他的眼中有少女噩梦初醒的神情。但我也跟你说了"傲慢"，才智的傲慢，在这座修道院演变为对拥有知识的自豪……

对了，那个长得像野兽、说巴别语的僧侣是谁啊？

萨尔瓦多雷？我脱下方济各修士的僧袍后，遇到一些处于困境的修士，他们被教区指责为属灵派的人。我带他们获得跟我一样的出路。我在这里遇到了其中两位，萨尔瓦多雷和雷米乔。萨尔瓦多雷……是的，看起来像野兽，但他乐于助人。

我听见他说"忏悔吧"。

不，我不信。千万别抓住片言只语就心生疑团。

我不会那样做的。我不当宗教裁判官，就是为了不再那样做。

别看那道大门了。今天他们这些人已经把你吓得够呛了。

你们好啊！

我叫塞韦里诺，从圣艾美拉诺来的，是草药师，如果你们想在修道院里走走，我可以引路。

现在也许该去楼堡了。你能带我们去吗？

很乐意。

从教堂唱诗堂后面可以通到楼堡南门，进入餐厅。但我们从这里进去吧，从厨房也可以通往餐厅。

厨房是一个宽敞的大厅，里面烟雾缭绕，仆人们在忙着准备晚饭了。

在厨房壁炉和烤炉的后面有两道小旋梯，不是很好爬，但暖烘烘的，可以通向楼上的缮写室。

爬完楼梯后，我们进入缮写室，我不禁惊叹了一声。

欢迎来到我们的缮写室，我是希尔德斯海姆的马拉希亚，这里的藏书馆馆长。

我在其他地方见到过很多缮写室，但没有一间像眼前这间这么明亮，透射着智慧和美的光芒。

这真是个工作的好地方！

请允许我给你们介绍几位修士和他们的工作。

我认识了萨尔维麦克的韦南齐奥，他是希腊语和阿拉伯语翻译，亚里士多德的忠实信徒……

乌普萨拉的本诺，来自斯堪的纳维亚半岛的年轻僧侣，钻研修辞学……

藏书馆馆长的助理，阿伦德尔的贝伦加……

亚历山德里亚的埃马洛，他正在誊写藏书馆从别处借来的著作，那些书只能借阅几个月……

我听说你们的一位最优秀的袖珍画家最近去世了。院长向我提到过他高超的技艺，我能看看他绘制的手抄本吗？

奥特朗托的阿德尔摩，他年纪还轻，只做页边装饰。他的想象力非常丰富，可以根据已知的事物构思出惊人的未知的事物。

他绘制过的书就在那边，还没有人动过他的桌子。

这些都是他绘制的。

那是一本赞美诗集的页边装饰画，描绘的是一个与我们的感知完全相反的世界……

32

哈哈哈！

在我们岛国，人们把它们称作狒狒。

哈哈哈！

我一页页看着，心里既默默地钦佩，又忍不住想笑，尽管那些图案是对圣书的注解，但实在太欢快了。

此处不宜空谈和嬉笑！

我听见有人在为可笑的事情发笑！

那浑厚的声音来自布尔戈斯的豪尔赫。许多僧侣都私下向他告解自己的罪孽。我发现他是个盲人。

站在您面前的是我们的贵客，巴斯克维尔的威廉修士。

你们现在哀悼死去的阿德尔摩，他沉迷于自己绘制的妖魔鬼怪，以至于忘乎所以，忘记了他绘制那些画的最终目的。因此上帝惩罚他！

页边的插画常常引人发笑，但有教诲的作用。

一个与上帝创立的世界完全颠倒和相反的世界，却借口说为了传授神的训示！

尊敬的豪尔赫，在伟大的亚里士多德的著作中，我找到了对此精辟的论述……

但古希腊雅典最高法院的法官教导说，上帝只能通过最畸形的东西被认知。

我知道这类言论！但圣伯尔纳说得对，人类创造妖魔鬼怪，并以此为乐、沉迷其中，就只能通过那些恐怖的形象看待事物。为你们的眼睛和笑容感到羞耻吧！

小伙子，你是谁？

我是个见习僧，我叫阿德索……

你有个了不起的好名字。你知道蒙捷昂代尔的阿德索吗？他是《评敌基督》一书的作者，他看到了后来发生的事情……

那本书是在千禧年之前写成的，而书中预言的事情并没有发生……

敌基督的路缓慢而又曲折。他就要来了！别再浪费最后的日子，别对着卷曲着尾巴的恶魔傻笑了！别浪费最后七天的时间了！

35

那天晚上，晚餐结束后，僧侣们朝唱诗堂走去……

院长，我有一个问题。假如藏书馆馆长晚上从里面把楼堡所有门都锁上，那他从哪儿出来？

他当然不会睡在厨房！

好，好，那么说还有另一个入口，是我们不该知道的。

别笑。你看见了吗？在这座修道院里，笑没什么好处。

发生了什么事？

是个人，一个死人！

一个僧侣，你没有见到他的鞋吗？

在猪圈里！

快点跑！

把他从这肮脏的液体里拉出来！

要马上洗干净他的脸，不然猪血就凝结了。我们来看看他是谁。

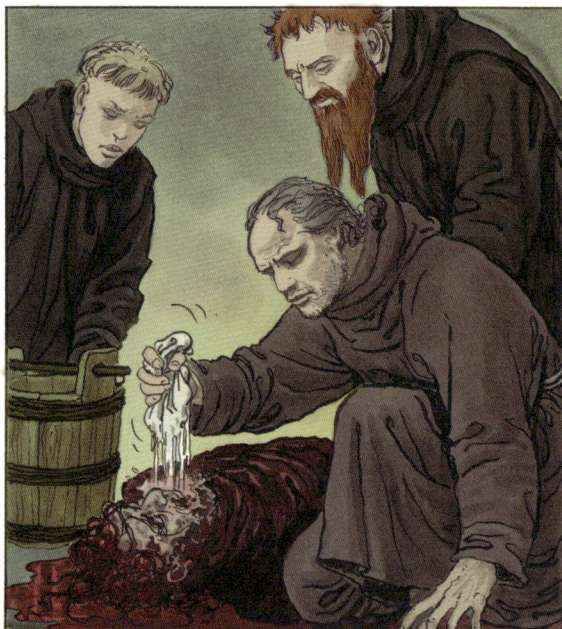

萨尔维麦克的韦南齐奥！

你见过淹死的人吗？

见过很多次，淹死的人面部不是这样的，应该是肿胀的。

那么说，在有人把他扔进缸里之前，他已经死了。

塞韦里诺，让人把他抬到浴室里清洗一下。

我们去周围看看，能不能发现什么有意思的东西。

您想找什么呢？

38

如果死者不是自己跳进缸里去的，那就是有人把他驮到那里去的。而驮尸体的人一定会在雪地上留下较深的足迹。

导师，也许找找到了！

有人把他的尸体从楼堡拖到了猪圈里……

韦南齐奥是在楼堡里死的，而且很可能是死在藏书馆里。

可为什么偏偏是在藏书馆呢？

如果他们是在餐厅、厨房或缮写室杀了他，为什么不把尸体留在那里呢？凶手很可能不愿意把人们的注意力引到藏书馆。

尸体经过清洗和仔细检查之后，被送到了塞韦里诺的医务所。

身上没有任何伤口，头部也没有瘀血，像是着魔而死。

或许是中毒？

我在尸体上没发现什么特别的中毒迹象。不过许多毒药是不留痕迹的。

你这里的草药真不少啊！能让人产生幻觉的草药是哪些呢？

这我得想一想，你知道，我这里有那么多神奇的草药。

40

本诺很紧张，贝伦加很害怕。得立刻审问他们。

为什么？

这就是宗教裁判官的工作最艰难的地方，得看准弱者，在他最软弱的时刻击中要害。

本诺的确交代了一些有意思的事……

……当时豪尔赫说，他觉得用非洲人做例子似乎是不明智的……于是……

……贝伦加笑了起来，豪尔赫训斥了他，他却说，他那么笑是因为只要在非洲人中好好寻找，就能发现其他谜团……

……后来我看到先是韦南齐奥，后是阿德尔摩靠近贝伦加，问了他什么事。那天晚上，我见到贝伦加和阿德尔摩在进餐前待在庭院里谈话。这就是我知道的全部情况。

不过，要我说，贝伦加对他们说了些藏书馆里的事，您应该到那里去找找线索。

我们找到贝伦加时，他正穿过墓地朝楼堡走去。

阿德尔摩死前，你似乎是最后一个见到他的人。

我？

怎么能这么说呢，我跟其他人一样，是在就寝前见到他的！

41

但愿遇见我对你是有益的一课，你曾经教会我许多知识，作为回报，把手伸给我吧，我的好导师！

他抖动着滚烫的手指，一滴汗落在我的手上，仿佛要穿透我的手心……

我已被打入地狱！你见到的是一个来自地狱的人，得回到地狱里去！

我害怕，神父！我要同您告解，发发慈悲吧，一个魔鬼在吞食我的五脏六腑！

不，贝伦加，别想用告解来封我的嘴。

现在你走吧，到唱诗堂去，或者找个愿意听你告解的修士！去吧。我们会再见面的。

亲爱的阿德索，我觉得那并不是什么鬼魂，不管怎么说，他是在背诵为传道者编写的某本书上的话，我曾经读到过。现在他感到痛苦，是因为他知道……

……他让阿德尔摩做了不该做的事，把他推向了一条不归路。

我想我已经明白两人之间发生了什么……

我们在厨房吃东西时，我看见萨尔瓦多雷偷偷把一块鸡肉递给羊倌。但厨师长发现了……

你应该管理好修道院的财物，而不是这样挥霍！

他们是上帝的子民！耶稣说过，要像对待孩子一样对待他们！

脏脏的方济各修士，狗屁方济各会！

你已经不再是浑身虱子的方济各修士了！给上帝的孩子施恩，那是修道院院长的事！

找不是方济各修士！找是本笃会的僧侣！你这个狗娘养的，混蛋异教徒！

晚上享受你阳具的那个婊子才是异教徒呢！你这头猪猡！

修士兄弟，你得捍卫一下你的修士会，那已不是我的，你告诉他，方济各修士不是异教徒。

他是个骗子，呸！

修士兄弟，我刚才并不是说你们修士会的坏话，你们那里有圣贤之人。我是在骂那个假方济各和假本笃会修士，那个不三不四的东西。

我知道他的底细，不过他现在跟你一样是僧侣，你得像兄弟一样尊重他。

可是他多管闲事，仗着食品总管的庇护，把自己当修道院的主人，不分白天还是黑夜！

夜里怎么了？

威廉修士，您习惯了这个疯子和傻子的巢穴了吗？

我觉得这个地方聚集了圣德博学、值得钦佩之人。

过去是这样。那时院长尽院长之责，藏书馆馆长尽馆长之责。可如今，正如您看到的，那上头……

……那个一只脚已经踏进棺材、眼睛像瞎子一样的日耳曼人，在聆听那个长着死人眼的西班牙盲人狂言乱语……哦，善良的上帝啊，因为我要说出一些不甚体面的事，您把我的舌头给割了吧！

修道院里发生了不甚体面的事吗？

僧侣也是人哪，但比别的地方的人缺少人味。您就当我没有说过这些事。

我说得太多了。这里的人话说得太多了，一方面，这里的人已不再尊重沉默，另一方面，他们又过分沉默。好吧，您烧死过那么多异教徒，就来揭开这个毒蛇盘踞的黑窝吧。

我从来没有烧死过任何人。

我就是这么说说罢了。祝您查明真相，威廉修士，不过您晚上得小心。白天这里用草药治疗疾病，但在晚上，毒草可以让人神经错乱。

45

我们离开时，停下来向格罗塔菲拉塔的阿利纳多问好，他已年过百岁。

晴朗的一天。

感谢上帝的恩典。

天上晴朗，地上阴霾。您对韦南齐奥了解吗？

哪个韦南齐奥？噢，那个死去的孩子。修道院里有怪兽盘踞……

什么怪兽？

来自海上的巨兽……七个脑袋，十只角，角上戴着十顶冠冕，头上写着亵渎神灵的三个名字……我看到了。

您在哪里看到的？在藏书馆吗？

藏书馆？为什么？我从来没有进过藏书馆。那里简直是迷宫……

楼堡的门一关上，您就不知道如何进入藏书馆了？

哦，知道。从圣骨堂过去。你可以从圣骨堂穿进去。可你一定不愿意从那儿走。过世的僧侣们守在那里。

过世僧侣的灵魂在圣骨堂里，守护着通道。你从未见过通向圣骨堂祈祷室的祭坛吗？

过了十字形耳堂，在边第三个祈祷室，是不是？

就是雕刻着上千个骷髅的那座祭坛。从右边数第四个骷髅，你按一下它的双眼……就能进入圣骨堂了。但你别去那里，院长不让。

那怪兽呢？您是在哪里见到的？

啊，那是敌基督……第二位天使吹响了第二声号角……第二个孩子不就是死在血海里的吗？上帝在惩罚我们。我们中有人违反了禁令，把迷宫的封条给撕了……

46

当天夜里，左边第三个祈祷室。

来吧，该工作了。

从右边数，第四个骷髅……

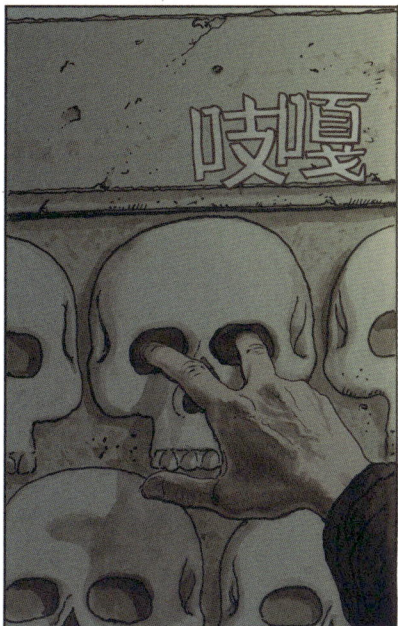

吱嘎

咔碌碌碌……

是耗子。

它们也从这里路过，跟我们一样，圣骨堂通往厨房，还通往藏书馆，那里有好书。

现在你该明白，为什么马拉希亚老是板着脸。他的职责迫使他每天经过这里两次。

为什么福音书上从来没有提到基督笑呢？真像豪尔赫说的那样吗？

这我不太感兴趣。我相信他没有笑过，作为上帝之子，他无所不知，他知道我们这些基督徒会做什么。

我们到了。

我们来到厨房壁炉后面，就在通往缮写室的旋梯口。

我们上楼梯时，似乎听到楼上有响动。

不可能。我们前面没有人……

我们从南角楼出来，到达缮写室。韦南齐奥的书桌似乎很整齐，但威廉发现了异常，他惊叫了起来……

之前那本希腊语书不见了！

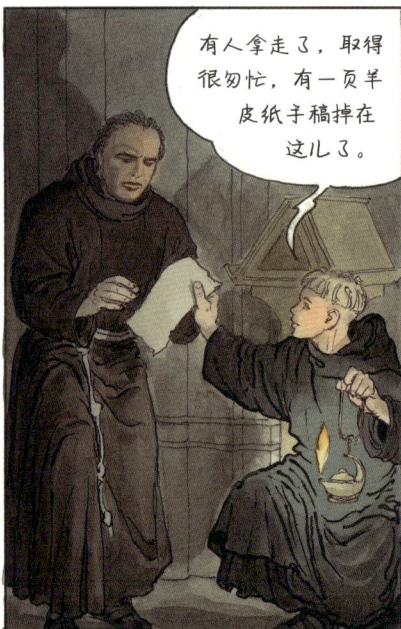

有人拿走了，取得很匆忙，有一页羊皮纸手稿掉在这儿了。

是希腊语，字体细小，即使戴上眼镜，也几乎看不清。光线再亮一点儿，你靠近些……

小心！你要把手稿烧掉吗？！

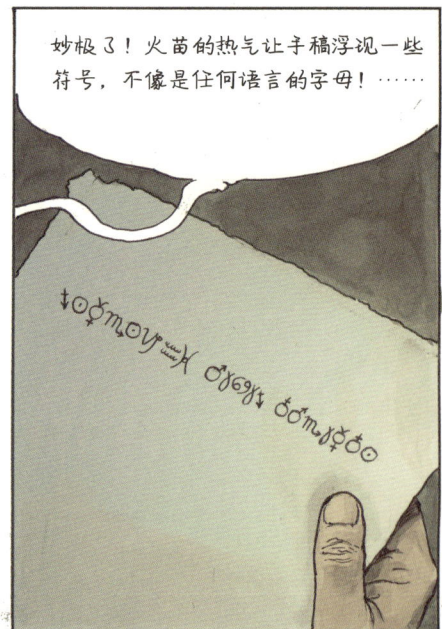

妙极了！火苗的热气让手稿浮现一些符号，不像是任何语言的字母！……

48

咔嚓！

那个人在那里，
去抓住他！

只是一本厚书……

我真笨！快，回到韦南齐奥
的书桌去！

我紧跟着他，瞥见一个逃窜的身影从
柱子间闪过，迅速下了西角楼的楼梯。

我忽然涌起一股战斗的勇气，
不顾一切地朝楼梯冲过去。

啊！！！

我几乎是直接跌到厨房的面包炉后面。那
人早已不见踪影，通往外面的门还紧锁着。

人跑了？我料到了。
他没有走圣骨堂的暗道吗？

没有，
他是从这里消失的，
可我不知道他是从哪
里出去的！

还有其他暗道，兴许此人正从远处什么地方冒出来呢。他还拿着我的眼镜。

您的眼镜？

是的，这位朋友没能夺走我手里的这页手稿，但他急中生智，从桌子上抄走了我的眼镜。

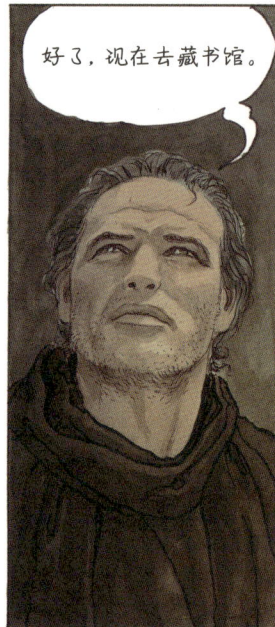

好了，现在去藏书馆。

我提防着可怕的事发生。我惊诧地发现了一个七边形的过厅，厅里散发出一股长久不通风的霉味，倒是没什么令人恐惧的地方。

耶稣基督的启示

我们穿过其中一个门洞，来到另一个房间。这个房间有一扇窗，但不是玻璃窗，而是石膏板。

我们进到第三个房间，里面没有书，窗下有一个石头祭坛。

这地方也不是什么复杂的迷宫。现在我们看看七边形过厅的另外两道门通往何处，相信我们不难辨别方向。

50

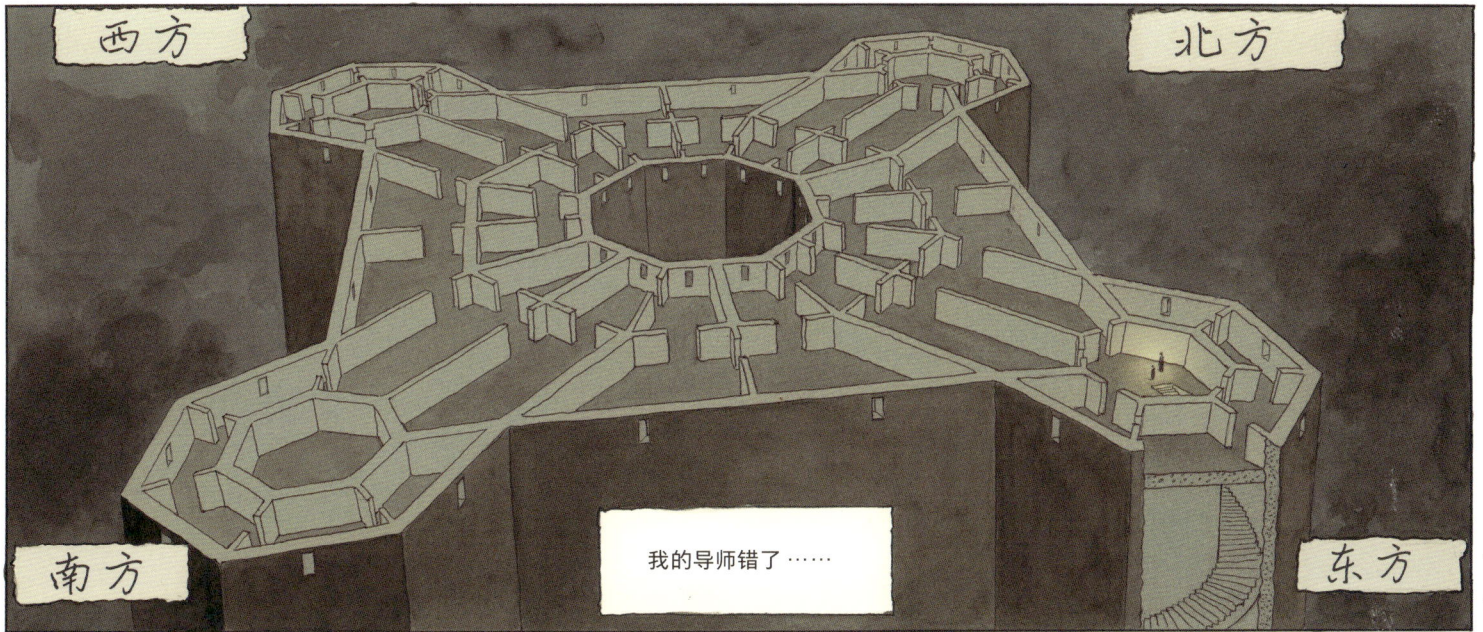

西方

北方

南方

我的导师错了……

东方

我们又回到刚才离开的房间。

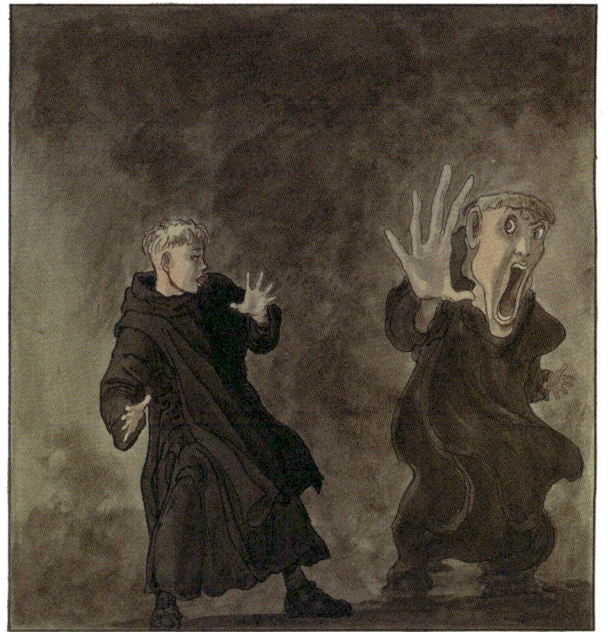

魔鬼！

一面哈哈镜！真神奇！刚才你那么勇敢地冲向一个真正的敌人，现在却被自己的形象吓坏了。

51

阿德索，你醒一醒，没有什么……

那边有东西……那边，有怪兽……

没有什么怪兽。我找到你时，你有些神志不清，桌子上有一本书，打开的那一页上绘有披着日头的女子与龙的场面。你吸入了毒气，我赶紧把你拖了出来。

可我看到的是什么呢？

你什么也没看到，那里烧着一种能使人产生幻觉的薰香，是阿拉伯人的草药，也许就是山中老人让他的刺客吸入的气体。

今晚太累了，现在我们得出去。你被吓坏了，需要喝点儿水，呼吸新鲜空气。

走吧，我觉得那儿就是出口。

用早餐的时候到了，我朝厨房走去。萨尔瓦多雷坐在一个角落，看来他已经与厨师长和解了，正高兴地吃着羊肉饼。

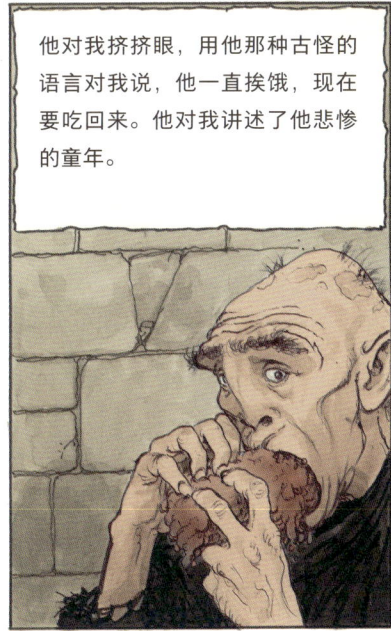

他对我挤挤眼，用他那种古怪的语言对我说，他一直挨饿，现在要吃回来。他对我讲述了他悲惨的童年。

53

……那个村庄空气污浊，阴雨连绵，田野被毁发臭，瘴气弥漫。大财主也跟穷人一样面无血色，萨尔瓦多雷说（他咧嘴笑了），虽然穷人死掉的比财主多，那只是因为穷人的人数多……

人们吃光了能找到的死鸟和走兽的腐肉之后，传闻村里有人把死人从地下挖出来吃掉……

吧唧！

还有比这更狠毒的人，他们用鸡蛋或苹果诱杀孩子。说到这里，萨尔瓦多雷神情严肃地强调说，会把孩子煮熟再吃……

萨尔瓦多雷希望找到一个不一样的世界，在这个梦想的激励之下，他艰难跋涉，到过很多地方，走过大路，也穿过森林，有时乞讨，有时小偷小摸。我好像看到他和流浪汉为伍：假僧侣、江湖骗子、诈骗犯、乞丐、麻风病人、跛子……

54

我听过保罗·佐朴修士的故事，他吹嘘自己直接从圣灵那里得到了启示，说肉欲并不是罪恶。他诱惑了一些女子，把她们称作姐妹，强迫她们鞭笞自己赤裸的身体……

那就像流窜在人世小道上的一群乌合之众，中间还混杂着虔诚的布道者、寻找新猎物的异教徒，以及煽动作乱的离经叛道者。那个邪恶腐败的教皇把宣扬贫穷行乞募捐的修士比作盗匪，是不是有道理呢？

当萨尔瓦多雷告诉我，他在那群人中间生活时，听到了方济各会的布道，这位僧侣凶残的脸上泛出了柔和的光。他明白了，他那贫穷和流浪的生活不应该是一种迫不得已的沉重选择，而是一种愉快的奉献举动。

我想，他就是在那里学会了他能说的那点儿拉丁语，并与流浪时说的各地方言混杂在了一起。那时，他没有祖国，流浪在同伴中间。他在意大利北方四处流浪，跟一帮方济各修士或不再遵循什么教规和戒律的乞丐混在一起。

此后他躲到图卢兹。有一天，一群基督徒和"贱民"组成一支队伍，集合起来漂洋过海，号称为捍卫信仰而与敌人奋战。人称"牧童"，实际上他们只是为了逃离自己条件恶劣的家园。其中有两个头领，一个是牧师，另一个是本笃会的僧侣。甚至连十六岁的孩子也纷纷离家，背着行囊，拄着棍子跟随他们。

他们朝着阿基坦进发，所到之处，犹太人居住区里的人都被残杀……他生来就听布道者说，犹太人是基督的敌人，他们累积的财富是从穷人那里剥夺的。

我对他说，领主和主教们不是也通过什一税聚敛财富吗？如此说来，"牧童"们并不是跟他们真正的敌人做斗争。他回答我说，当敌人太强大时，就得选择较弱的敌人。

然后，他们就朝卡尔卡松走去，一路上杀人抢劫，无恶不作。法国国王忍无可忍，下令他们经过的每座城市都要奋力抵抗。

许多基督徒并不服从国王，他们乐于看到"牧童"惩罚富有的犹太人。于是国王召集了一支大军突袭，"牧童"死伤甚多，有的落荒而逃，遁入森林，不少人在那里被饿死。总之，他们被消灭了。

对于漏网的残余分子，国王委派将领一一捉拿归案，二十人或三十人一批，吊死在大树上，用他们的尸体警示世人，看谁还敢搅乱王国的安宁。

萨尔瓦多雷到了卡萨莱，在那里，方济各会的修道院接纳了他，他也是在那里遇上了食品总管雷米乔。雷米乔很快就接纳他为助手。

这是萨尔瓦多雷在狼吞虎咽的间隙给我讲述的故事。我怀疑，他会不会编造了些什么，又隐瞒了些什么。

在你的跋涉途中，从来没有遇见过多里奇诺修士吗？

这时，我再也无法克制自己的好奇。那位一提到名字就让人万分恐惧的修士究竟是谁呢？我突然闪过一个念头。乌贝尔蒂诺！在教堂里肯定能找到他。

圣洁的神父，我能得到您的启示和开导吗？

亲爱的孩子！

是什么让你不安？你很焦虑，是不是？是肉体的不安吗？

不是，是心灵的不安……我听人谈到多里奇诺修士，一个引诱别人堕入罪恶的坏人。

这是一个丑恶的故事，在多里奇诺修士之前就开始了，那时我还是个孩子。在帕尔马，有个名叫盖拉尔多·塞加烈里的人走遍大街小巷，高喊着："忏悔吧！"意思是说：天国近了，你们应当悔改。

但盖拉尔多犯了错，染指异端……他身穿一件白色长袍，留着长发，在头脑简单的民众中间赢得了圣人的名望。

许多人来投奔盖拉尔多，不仅有农民，还有城里人。而盖拉尔多让他们脱光衣服，好赤身裸体地追随裸体的基督。他把一位名叫特里皮娅或里皮娅的女使徒带在身边，她声称自己有预言的天赋。一个女子，你懂吗？

为了考验他的意志力和自制的能力，他跟一些女子睡觉而不发生关系；但是当他的门徒效法时，结果可大不一样了……

多里奇诺采用了盖拉尔多布道的那一套。他自称是上帝唯一真正的使徒，认为爱是一切事物的共性，跟任何女人发生关系都是合法的，即使是同时跟妻子和女儿……

多里奇诺是一位神父的私生子，是个睿智过人的年轻人，有一定的文学修养，但他偷了照顾他的神父的东西，逃到特伦托城，在那里布道。

他诱惑了一个贵族出身的美丽少女，名叫玛尔盖丽达。事情败露后，特伦托的主教把他逐出教区。

但那时，多里奇诺已经拥有一千多名追随者，他开始长途跋涉前往他的出生地。在他言论的蛊惑下，沿途有很多想获得救赎的人加入进来。

多里奇诺跟他的追随者近三千人在诺瓦拉附近的一座山上安营扎寨。那山又名"秃壁"，他们在那里建造了要塞和住所。

而多里奇诺统领着那群乌合之众，男男女女杂居在一起，无耻地滥交。

他们开始掠夺山谷里的村落，烧杀抢掠，储备粮草。当时恰逢几十年未遇的严寒，四周都闹严重的饥荒。山上很难活下去，他们饿得只能吃马肉和其他动物的肉，还煮熟草料充饥。许多人都饿死了。

韦尔切利的主教组织了一支十字军讨伐异端，开始了骇人听闻的杀戮。叛逆者最后都投降了。多里奇诺和他的追随者被抓，理所当然都被送上了火刑柱。

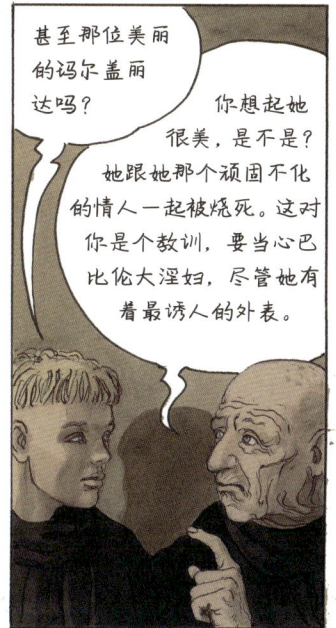

甚至那位美丽的玛尔盖丽达吗？

你想起她很美，是不是？她跟她那个顽固不化的情人一起被烧死。这对你是个教训，要当心巴比伦大淫妇，尽管她有着最诱人的外表。

现在你走吧，我跟你说了你想知道的事。这里是天使们的合唱堂，那里是地狱的入口。你去吧，赞美上帝……

我没有从教堂出去。

我手里拿着灯，几乎是闭着眼钻进了圣骨堂。

顷刻间我就到了缮写室。我想，那是一个关键的夜晚，正当我在桌子中间查看时，我发现一张桌子上有一本打开的手抄本，是一位僧侣在那些天抄写的。

书名立刻吸引了我：《异端首领多里奇诺修士的故事》。

我读到了乌贝尔蒂诺没有告诉我的事，写文章的人显然目睹过整个事件，那场面还历历在目。在一三〇七年三月复活节的星期六，多里奇诺和玛尔盖丽达被押送到比耶拉城……

城里的钟声此起彼伏地响起，他们被装在一辆车上，四周全是刽子手，他们被游街示众，走遍了全城……

……每到一处，都有烧红的铁钳撕扯罪犯的皮肉。

玛尔盖丽达在多里奇诺面前第一个被烧，而多里奇诺没有任何反应。

车子继续前进，刽子手把烙铁放在装满燃烧着的木炭的火盆里。

多里奇诺默不作声，只有在割下他的鼻子时，他稍稍耸了一下肩膀……

……当人们割下他的生殖器时，他发出一声长长的叹息，像是在呻吟。

他最后的话语表明了他死不悔改。他警告说，他死后第三天将复活。后来他的骨灰被撒在风中。

我颤抖着双手合上了这个手抄本。

多里奇诺犯下许多罪行，但他被烧死时的情景太恐怖了……

我想喝点儿水，缓解一下紧张的心绪。我穿过餐厅，向厨房走去。

我缓缓打开门，顿时呆住了：一个体形矮壮的身影和另一个身影分开，朝通往外面的门逃去……

另一个身影发出一阵呻吟，几乎是低声的哭泣，有节奏的呜咽。

61

我走近那个身影，发现那是一个少女。她像一只冬天里的小鸟在颤抖，她在哭泣，她很怕我。

我发现她不懂拉丁语，就本能地跟她说通俗德语，这更加令她恐惧。

于是我露出微笑，我想手势和表情比语言更适合表达。

她也对我微笑了。

你年轻，英俊……

当我不知是该躲避她还是该靠近她时，我的头嗡嗡作响，感觉到强烈的震荡，就像约书亚的军号声要把耶利哥的城墙吹塌。

她露出了愉快的微笑，解开了系在胸口的衣带……

我很害怕，但心醉神迷，不禁在想，这像晨曦一样出现在我眼前的女人是谁……

……美丽如月亮，皎洁如日头，威武如展开旌旗的军队。

她的两只乳房好像百合花中吃草的一对小鹿，就是母鹿双生的；她的肚脐如圆杯，不缺调和的酒；她的腰如一堆麦子，周围有百合花……

63

她的头高昂在那如同象牙台的白皙的脖颈上，她那明亮的眼睛如希实本的水池……

……她的鼻子仿佛利巴嫩塔，她头上的发是紫黑色。

我的佳偶，你甚美丽！你甚美丽！你的头发如同山羊群，卧在基列山旁……

……你的唇好像一条朱红线；你的脸颊如同一颗石榴；你的颈项好像大卫的高台，其上悬挂一千盾牌。

啊，我软弱无力！因为她的嘴唇散发出一股玫瑰花的芳香。她的双脚是那么美丽，两条腿像光滑的圆柱，她腰部的曲线仿佛出自艺术家之手。

IL NOME DELLA ROSA

DELLA

ROSA

玫瑰的名字

草图

威廉

巴斯克维尔的威廉

豪尔赫

雷米乔

萨尔瓦多雷

修道院院长阿博内

阿利纳多

卡萨莱的乌贝尔蒂诺

贝伦加

草药师塞韦里诺

埃马洛

贝尔纳·古伊
1261 — 1331

阿德索

马拉希亚

老年阿德索

阿德索

翁贝托·埃科

68

第二层

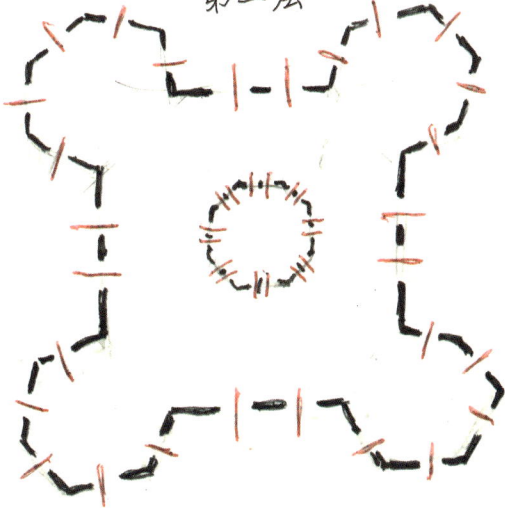

藏书馆之迷宫
四十四扇窗

第一层

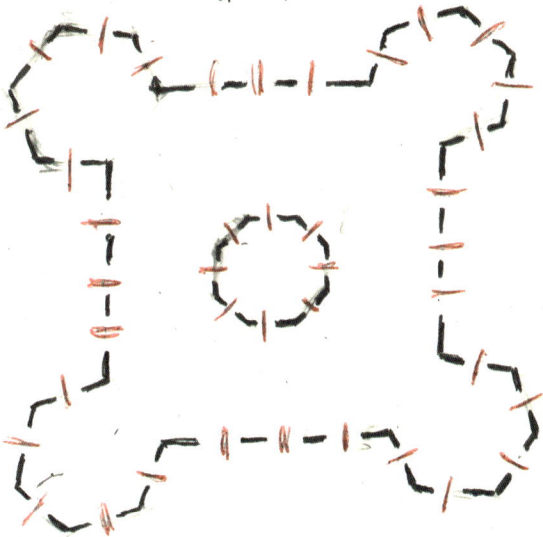

缮写室
四十扇窗

阿博内

萨尔瓦多雷

图字：09－2023－0994 号

图书在版编目（CIP）数据

玫瑰的名字／（意）翁贝托·埃科著；（意）米洛·
马纳拉编绘；陈英译. -- 上海：上海译文出版社，
2024. 8. --（翁贝托·埃科作品系列）. -- ISBN 978
-7-5327-9643-4

Ⅰ. I546. 45

中国国家版本馆 CIP 数据核字第 2024TS3383 号

玫瑰的名字：图像小说 Ⅰ	［意］翁贝托·埃科　著	出版统筹　赵武平
	［意］米洛·马纳拉　编绘	责任编辑　李月敏
Il nome della rosa	陈英　译	装帧设计　董茹嘉

上海译文出版社有限公司出版、发行

网址：www. yiwen. com. cn

201101　上海市闵行区号景路 159 弄 B 座

上海雅昌艺术印刷有限公司印刷

开本 890×1240　1/16　印张 4.5　插页 4　字数 20,000

2024 年 8 月第 1 版　2024 年 8 月第 1 次印刷

ISBN 978－7－5327－9643－4/I·6053

定价：88.00 元